AF456569

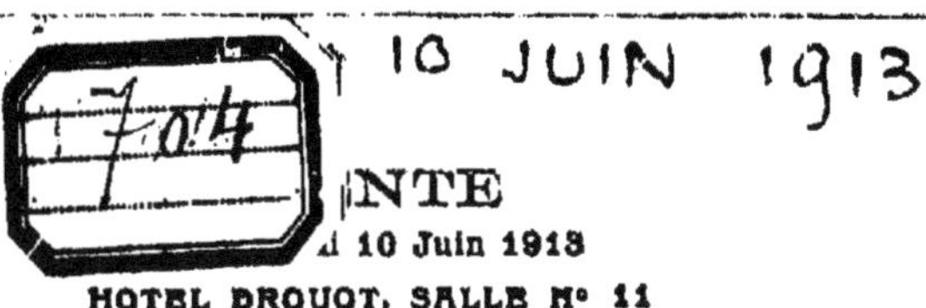

[VE]NTE
[le …]di 10 Juin 1913
HOTEL DROUOT, SALLE N° 11
à 3 heures 1/2

Deux Importants Candélabres

DEUX BELLES PENDULES ET UN RÉGULATEUR

DU XVIIIe SIÈCLE

TABLEAUX, TAPISSERIE

SIÈGES, FAIENCES, ETC.

Appartenant à Monsieur le Comte de X...

COMMISSAIRE-PRISEUR
Me GUSTAVE LARBEPENET
EXPERT
M. GEORGES GUILLAUME

CATALOGUE

DES

OBJETS D'ART & D'AMEUBLEMENT

ANCIENS

Importants Candélabres Louis XVI en bronze

DEUX BELLES PENDULES DU XVIIIe SIÈCLE

ET AUTRES BRONZES VARIÉS

TABLEAUX ET PORTRAITS

PAR : BOUDEWYNS, LE CHEVALIER BREYDEL, NETSCHER, RIGAUD, DE TROY, ETC.

FAIENCES ET PORCELAINES

MEUBLES ET SIÈGES

SIX FAUTEUILS LOUIS XVI

Beau Régulateur de la fin de l'Époque Louis XV

TAPISSERIE DES FLANDRES DU XVIe SIÈCLE

SIÈGES EN TAPISSERIE AU POINT

Appartenant à Monsieur le Comte de X...

ET DONT LA VENTE AUX ENCHÈRES PUBLIQUES AURA LIEU

HOTEL DROUOT, SALLE N° 11

LE MARDI 10 JUIN 1913

A 3 heures 1/2

COMMISSAIRE-PRISEUR

Me Gustave LARBEPENET

23, rue de Choiseul

EXPERT

M. Georges GUILLAUME

13, rue d'Aumale

EXPOSITIONS PUBLIQUES

Le Lundi 9 Juin 1913, de deux heures à six heures

Et le Mardi 10 Juin 1913, avant la vente

CONDITIONS DE LA VENTE

Elle sera faite au comptant.

Les adjudicataires paieront *dix pour cent* en sus des enchères.

Paris. — Imp. de l'Art, Ch. Berger, 41, rue de la Victoire.

DÉSIGNATION

FAIENCES ET PORCELAINES

1 — Fontaine incomplète en ancienne faïence polychrome de Rouen, à décor de coquille, cannelures, guirlandes et chutes de fleurs.

2 — Plat circulaire en ancienne faïence de Strasbourg, à décor fleuri, portant la marque de *Joseph Hannong.*

3 — Assiette, même faïence et décor, portant la marque de *Paul Hannong.*

4 -- Porte-huilier en ancienne faïence de Strasbourg, décoré en rouge de fleurs et rocailles, et muni d'anses à feuillages ; il porte la marque de *Joseph Hannong.*

5 — Plat creux en ancienne faïence polychrome de Delft, à décor rayonnant.

6 — Assiette en ancienne porcelaine de la Compagnie des Indes, à rosaces et rameaux fleuris.

7 — Soupière ronde en porcelaine de Chine, à décor de pivoines et bordée d'un quadrillage sur fond vert avec réserves de poissons ; le fond à rameaux fleuris et insectes. Époque Kien-lung. Elle se complète d'un couvercle de mêmes porcelaine et époque, décoré en rose de rosaces, lambrequins et fleurs.

8 — Grande potiche, de forme ovoïde, en ancienne porcelaine de Chine, la panse percée de trous et décorée de pavots, meubles, lambrequins et arabesques. Époque Kien-lung.

TABLEAUX

BOUDEWYNS

9 — *Paysages.*

Deux petits panneaux se faisant pendants.

Haut., 8 cent. 1/2; larg., 12 cent. 1/2.

BREYDEL (Le chevalier)

10 — *Paysage animé de figures.*

Dans le fond, une maisonnette parmi des arbres; au premier plan, des personnages et des bestiaux, puis deux chariots et des cavaliers.

Panneau. Haut., 31 cent.; larg., 38 cent.

NATTIER (Attribué à)

11 — *Portrait de Madame Adélaïde.*

Elle est assise, les mains croisées gantées de gris, vêtue d'une mante en guipure et broderie de couleurs ; le visage animé, vu de trois quarts à droite, est orné d'un ruban rose au col; les cheveux poudrés sont garnis en arrière d'un petit bonnet de dentelle noire.

Toile. Haut., 63 cent.; larg., 53 cent.

Cadre en bois sculpté et doré à fleurs.

NETSCHER

12 — *Infantes d'Espagne.*

L'une est vêtue de rouge, assise, caressant un chien; la seconde, debout en robe de satin blanc décolletée, cueille les œillets d'un vase posé sur un socle à bas-reliefs.

Gracieuse composition sur panneau.

Haut., 43 cent.; larg., 35 cent.

PATER (École de)

13 — *Réunion musicale.*

— *Réunion galante.*

Deux panneaux se faisant pendants.

Haut., 41 cent.; larg., 32 cent.

RIGAUD

14 — *Portrait de La Fontaine.*

Il est vu de trois quarts à gauche, drapé dans un ample vêtement brun, le col garni d'un jabot de dentelle.

Toile ovale. Haut., 29 cent.; larg., 25 cent.

TROY (De)

15 — *Philippe V d'Espagne.*

Il est représenté debout tourné vers la gauche, en riche habit rouge brodé d'or, la poitrine barrée du grand cordon; la tête énergique est encadrée d'une perruque poudrée; une cravate de dentelle orne son cou; la main droite, dans un gant à crispin, tient le bâton de commandement.

Cuivre. Haut., 26 cent.; larg., 19 cent. 1/2.

TROY (De)

16 — *Elisabeth Farnèse.*

Assise, tournée vers la droite, dans une rotonde doublée d'hermine, et coiffée d'un toquet rouge à fleurs, elle porte sur les genoux une jeune infante qui tient une rose.

Cuivre. Haut., 26 cent.; larg., 19 cent. 1/2.

BRONZES

17 — Importante pendule en bronze ciselé et doré; elle est composée d'un grand vase flanqué de mufles de lions à anneaux et surmonté d'un motif rayonnant à pomme de pir le piédouche, à cannelures obliques, est ceinturé de lauriers et enrubanné; la base rectangulaire est ornée de guirlandes de feuilles de chêne; le cadran est signé: *Julien Le Roy*. XVIIIe siècle.

Haut., 61 cent.

18 — Jolie pendule en marbre blanc et bronze ciselé, formée d'un vase posant sur un socle ovale; le cadran est entouré d'un gracieux sujet présentant deux femmes drapées et enguirlandées, les bras tendus vers un amour supporté par des nuées; le socle est orné d'un double rang de perles; le culot du vase, ainsi que son pied, sont décorés de feuilles; à terre reposent un tambourin, un carquois, une torche, une couronne. Époque Louis XVI.

Haut., 45 cent.

19 — Remarquable paire de candélabres en bronze finement ciselé ; ils présentent des figures d'après FALCONET : l'un, une statuette d'amour ; l'autre, une statuette de fillette; chacun d'eux assis sous un arceau de feuillage dominé par un faisceau de cinq lumières qui s'applique à une torche ; les sujets, infiniment gracieux, reposent sur des socles demi-lune, partiellement émaillés et ornés à la base d'un rang de feuilles d'eau et de perles ; la ceinture est composée de bas-reliefs à jeux d'enfants. Époque Louis XVI.

Haut., 96 cent.

20 — Paire de candélabres en bronze ciselé et doré, présentant une gerbe de cinq lumières portée par un enfant assis sur des rocailles ; socle cylindrique en marbre blanc à cannelures, ceinturé de feuillage. Époque Louis XVI.

Haut., 63 cent.

21 — Paire de flambeaux en bronze doré et finement ciselé, à bases rayonnantes ornées de feuillage ; fût cannelé à guirlandes ; ceinture de perles, moulures et rubans. Époque Louis XVI.

Haut., 32 cent.

22 — Paire de flambeaux en bronze ciselé et doré, formés d'une gerbe d'œillets sur socles cylindriques en marbre blanc à chainettes et posant sur trois pieds-tulipes. Époque Louis XVI.

23 — Paire de flambeaux en bronze ciselé, patiné et doré, présentant chacun une figure de femme égyptienne debout, portant sur la tête une collerette de feuillage ; base circulaire à palmettes. Époque Empire.

24 — Statuette d'amour à l'arc, en bronze ciselé et doré ; socle en bois noir mouluré, appliqué de métal argenté, présentant un mascaron et divers attributs. Époque Louis XVI.

25 — Statuette en bronze de femme nue, le pied posé sur une urne ; socle cylindrique en marbre rouge. XVIIe siècle.

26 — Statuette en bronze de baigneuse assise sur des draperies. Commencement du XIXe siècle.

MEUBLES

27 — Canapé en bois peint gris et partiellement doré, posant sur six pieds, orné de palmettes et de rosaces et muni de bras à colonnettes. Époque Directoire. Il est recouvert de tapisserie au point moderne, à décors variés sur fond noir.

28 — Quatre fauteuils en bois sculpté, peint noir et partiellement doré, à cannelures, moulures, rosaces et clochetons de feuillage. Époque Louis XVI. Ils sont recouverts de tapisserie au point à réserves de fleurs dans des encadrements dorés.

29 — Encoignure en marqueterie de palissandre et de bois de rose à quadrillages ; elle est couverte d'un marbre. XVIIIe siècle.

30 — Beau régulateur en bois de rose, avec marqueterie de bois de violette formant filets et encadrements : il est orné de bronzes ciselés et dorés présentant, à la base, deux sabots à rocailles : à la face antérieure, un médaillon contourné surmonté d'une mappemonde avec attributs du Dessin, et sous le cadran un nœud de rubans ; il est dominé par un vase de flammes enguirlandé et un mascaron ; le cadran est signé : *Lepaute, à Paris.* Fin de l'époque Louis XV.

TAPISSERIE DES FLANDRES

BANDEAUX

SIÈGES AU POINT

31 — Petit dossier en ancienne tapisserie au petit point, décoré de deux personnages.

32 — Autre petit dossier, même tapisserie, décoré d'animaux.

33 — Dossier en ancienne tapisserie au petit point, présentant des jeux et des scènes diverses en réserve sur fond à ramages.

34 — Petit bandeau du même genre, présentant trois sujets à personnages et animaux, en tapisserie au petit point.

35 — Dossier en ancienne tapisserie au point, présentant deux animaux de part et d'autre d'un rameau fleuri.

36 — Dossier et siège en ancienne tapisserie au point, à pavots sur fond jaune.

37 — Siège, même travail, également à pavots, d'un point plus gros.

38 — Siège en ancienne tapisserie au point, à décors de vases de fleurs.

39 — Deux sièges en ancienne tapisserie, à décor de bouquets réservés sur tond jaune dans un encadrement fleuri. Aubusson, époque Restauration.

40 — Deux bandeaux en ancienne tapisserie, à décors de larges fleurs et feuillages sur fond jaune.

41 — Lot de bandeaux en tapisserie.

42 — Tapisserie de la série dite « à la Licorne », présentant des quadrupèdes et un échassier parmi de larges feuilles et rameaux fleuris; l'encadrement est composé de scènes diverses à personnages dans des chars, jouant de la musique ou dansant, et à décors de cariatides, rinceaux, volutes, etc. Flandres, XVIe siècle.

Haut., 2 m. 85 cent.; larg., 1 m. 95 cent.

43 — Objets omis.

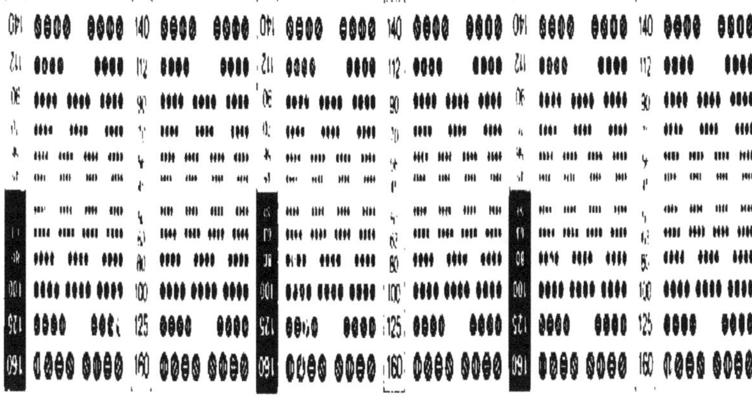

MIRE ISO N° 1
NF Z 43-007
AFNOR
Cedex 7 - 92080 PARIS-LA-DEFENSE

graphicom

www.ingramcontent.com/pod-product-compliance
Ingram Content Group UK Ltd.
Pitfield, Milton Keynes, MK11 3LW, UK
UKHW022153260726
13993UKWH00005B/2351